Die Geschichte von Peter Rabbit – The Tale of Peter I Deutsch Englis

CW00867413

von

Beatrix Potter

Deutsche Übersetzung
Beate Ziebell

Informationen zum Erhalt eines
kostenlosen Hörbuchdownloads sowie weiteren
Bonusmaterials am Ende des Buches.

Impressum:

Englisches Original: Beatrix Potter
Deutsche Übersetzung: Beate Ziebell
Der Originaltext ist gemeinfrei. Die Rechte für die synchronisierte zweisprachigen Ausgabe und der deutschen Übersetzung liegen bei:
Beate Ziebell, Schillerstr.94, 15738 Zeuthen
forum-sprachen-lernen.com
info@forum-sprachen-lernen.com
Herstellung und Druck: Siehe Eindruck auf der letzten Seite
ISBN-13: 978-1973745396
ISBN-10: 1973745399
Umschlaggestaltung: Beate Ziebell
Illustrationen: Die ursprünglichen Illustrationen stammen von Beatrix Potter. Sie wurden jedoch vollständig überarbeitet. Die Rechte für die überarbeiteten Bilder liegen bei Beate Ziebell.

DIE GESCHICHTE VON PETER RABBIT -
THE TALE OF PETER RABBIT

Es waren einmal vier kleine Hasen mit den Namen Flopsy, Mopsy, Baumwoll-Schwänzchen und Peter.

Once upon a time there were four little Rabbits, and their names were-- Flopsy, Mopsy, Cotton-tail, and Peter.

Sie lebten mit ihrer Mutter in einer Sandgrube unter der Wurzel einer sehr großen Tanne.

They lived with their Mother in a sand-bank, underneath the root of a very big fir-tree.

4

„Nun, meine Lieben", sagte die alte Frau Hase eines Morgens, „ihr könnt in die Felder gehen oder die Straße herunter, aber geht nicht in den Garten von Mr. McGregor. Euer Vater hatte dort einen Unfall. Er wurde von Mrs. McGregor in eine Pastete gesteckt."

"Now my dears," said old Mrs. Rabbit one morning, "you may go into the fields or down the lane, but don't go into Mr. McGregor's garden: your Father had an accident there; he was put in a pie by Mrs. McGregor."

„Nun, jetzt lauft und stellt keinen Unfug an. Ich gehe aus."

"Now run along, and don't get into mischief. I am going out."

Dann nahm die alte Frau Hase einen **Korb** und ihren Regenschirm und ging durch den Wald zum Bäcker. Sie kaufte ein **braunen** Laib Brot und fünf Johannisbeerbrötchen.

Then old Mrs. Rabbit took a **basket** and her umbrella, and went through the wood to the baker's. She bought a loaf of **brown** bread and five currant buns.

Flopsy, Mopsy und Baumwoll-Schwänzchen, die gute kleine Hasen waren, gingen die Straße hinunter, um **Brombeeren** zu sammeln.

Flopsy, Mopsy, and Cottontail, who were good little bunnies, went down the lane to gather **blackberries**.

Aber Peter war sehr **ungezogen**, lief sofort zu Mr. McGregors Garten und zwängte sich unter dem Tor durch!

But Peter, who was very **naughty**, ran straight away to Mr. McGregor's garden, and squeezed under the gate!

Zuerst aß er einige Salate und Bohnen, dann einige Radieschen.

First he ate some lettuces and some French beans; and then he ate some radishes.

Und dann fühlte er sich etwas **krank** und suchte nach ein wenig Petersilie.

And then, feeling rather **sick**, he went to look for some parsley.

Aber am Ende eines Gurkenbeetes traf er niemand anderes als Mr. McGregor!

But round the end of a cucumber frame, whom should he meet but Mr. McGregor!

Mr. McGregor rutschte auf den Händen und Knien und pflanzte die jungen Kohlpflanzen aus. Jetzt er **sprang auf** und lief Peter hinterher. Dabei schwenkte er die Harke und rief: „Haltet den Dieb!"

Mr. McGregor was on his hands and knees planting out young cabbages, but he **jumped up** and ran after Peter, waving a rake and calling out, 'Stop thief!'

Peter war schrecklich erschrocken. Er eilte den ganzen Garten entlang, denn er hatte den Weg zurück zum Tor **vergessen**. Er verlor einen seiner Schuhe bei den Kohlpflanzen und den anderen Schuh bei den Kartoffeln.

Peter was most dreadfully frightened; he rushed all over the garden, for he had **forgotten** the way back to the gate. He lost one of his shoes among the cabbages, and the other shoe amongst the potatoes.

Nachdem er sie verloren hatte, lief er auf allen vier Pfoten und eilte noch schneller, sodass ich glaube, er wäre gänzlich davongekommen, wenn er sich nicht mit den großen Knöpfen seiner Jacke unglücklicherweise in einem Stachelbeernetz verfangen hätte. Es war eine blaue Jacke mit Messingknöpfen, ganz neu.

After losing them, he ran on four legs and went faster, so that I think he might have got away altogether if he had not unfortunately run into a gooseberry net, and got caught by the large buttons on his jacket. It was a blue jacket with brass buttons, quite new.

Peter gab sich verloren und vergoss viele Tränen. Aber sein Schluchzen wurde von einigen freundlichen Spatzen gehört, die in großer Aufregung zu ihm flogen. Sie flehten ihn an, sich anzustrengen.

Peter gave himself up for lost, and shed big tears; but his sobs were overheard by some friendly sparrows, who flew to him in great excitement, and implored him to exert himself.

Mr. McGregor kam mit einem Sieb. Er wollte es über den Kopf von Peter werfen. Aber Peter strampelte sich gerade rechtzeitig heraus und ließ seine Jacke zurück.

Mr. McGregor came up with a sieve, which he intended to pop upon the top of Peter; but Peter wriggled out just in time, leaving his jacket behind him.

Er stürzte in den Werkzeug-schuppen, und sprang in eine Gießkanne.

And rushed into the tool-shed, and jumped into a can.

15

Mr. McGregor war sich ziemlich sicher, dass Peter irgendwo im Werkzeugschuppen war, vielleicht unter einem Blumentopf versteckt.
Er fing an, sie vorsichtig umzudrehen, und warf unter jeden einen Blick. Jetzt nieste Peter - „Hatschi!" Mr. McGregor war in kürzester Zeit hinter ihm her.

Mr. McGregor was quite sure that Peter was somewhere in the tool-shed, perhaps hidden underneath a flower-pot. He began to turn them over carefully, looking under each. Presently Peter sneezed--'Kertyschoo!' Mr. McGregor was after him in no time.

16

Er versuchte, mit seinem Fuß nach Peter zu treten. Der sprang aus einem Fenster und kippte dabei drei Pflanzen um. Das Fenster war zu klein für Mr. McGregor, und er war es leid, Peter hinterherzurennen. Er ging zurück zu seiner Arbeit.

And tried to put his foot upon Peter, who jumped out of a window, upsetting three plants. The window was too small for Mr. McGregor, and he was tired of running after Peter. He went back to his work.

Peter setzte sich hin, **um auszuruhen**. Er war außer Atem und bebte vor Angst. Er hatte nicht die geringste Ahnung, welchen **Weg** er nehmen sollte.

Peter sat down **to rest**; he was out of breath and trembling with fright, and he had not the least idea which **way** to go.

Auch war er sehr feucht durch das Sitzen in der Gießkanne. Nach einer Weile fing er an umherzulaufen, ging – tippel, tippel – nicht sehr schnell und sah sich überall um.

Also he was very damp with sitting in that can. After a time he began to wander about, going lippity--lippity--not very fast, and looking all round.

Er fand eine Tür in einer Mauer. Aber sie war verschlossen, und es gab nicht genug Platz für ein dickes kleines Häschen, um sich darunter hindurchzuquetschen. Eine alte Maus lief über die steinerne Türschwelle ein und aus und trug Erbsen und Bohnen zu ihrer Familie in den Wald. Peter fragte sie nach dem Weg zum Tor, aber sie hatte eine so große Erbse in ihrem Mund, dass sie nicht antworten konnte. Sie schüttelte nur den Kopf. Peter begann zu weinen.

He found a door in a wall; but it was locked, and there was no room for a fat little rabbit to squeeze underneath. An old mouse was running in and out over the stone doorstep, carrying peas and beans to her family in the wood. Peter asked her the way to the gate, but she had such a large pea in her mouth that she could not answer. She only shook her head at him. Peter began to cry.

Dann versuchte er, einen **Weg** quer durch den Garten zu finden, aber er wurde immer verwirrter. Als Nächstes kam er zu einem **Teich**. Dort füllte Mr. McGregor seine Gießkannen. Eine weiße Katze starrte auf einige Goldfische. Sie saß sehr, sehr still da, doch hin und wieder zuckte die Spitze ihres Schwanzes, als wäre er lebendig. Peter hielt es für besser, wieder wegzugehen, ohne mit ihr zu **sprechen**. Er hatte von Katzen durch seinen Cousin, den kleinen Benjamin, gehört.

Then he tried to find his **way** straight across the garden, but he became more and more puzzled. Presently, he came to a **pond** where Mr. McGregor filled his water-cans. A white cat was staring at some gold-fish, she sat very, very still, but now and then the tip of her tail twitched as if it were alive. Peter thought it best to go away without **speaking** to her; he had heard about cats from his cousin, little Benjamin.

Er ging zurück zum Werkzeugschuppen. Plötzlich, ganz in der Nähe, hörte er das Geräusch einer Harke - rrritsch– rrratsch. Peter hechtete unter die Büsche. Aber da nichts passierte, kam er wieder heraus, kletterte auf eine Schubkarre und schaute hinüber. Das Erste, was er sah, war Mr. McGregor, der dabei war, Zwiebeln zu harken. Sein Rücken war Peter zugewandt, und hinter ihm war das Tor!

He went back towards the tool-shed, but suddenly, quite close to him, he heard the noise of a hoe--scr-r-ritch, scratch, scratch, scritch. Peter scuttered underneath the bushes. But presently, as nothing happened, he came out, and climbed upon a wheelbarrow and peeped over. The first thing he saw was Mr. McGregor hoeing onions. His back was turned towards Peter, and beyond him was the gate!

Peter stieg sehr leise von der Schubkarre herunter. Dann lief er, so schnell er konnte, den geraden Weges hinter den **schwarzen** Johannisbeersträuchern entlang. Mr. McGregor sah ihn an der Ecke, aber Peter kümmerte sich nicht darum. Er schlüpfte unter dem **Tor** hindurch. Endlich war er im **Wald**, der vor dem Garten lag, sicher.

Peter got down very quietly off the wheelbarrow; and started running as fast as he could go, along a straight walk behind some **black**-currant bushes. Mr. McGregor caught sight of him at the corner, but Peter did not care. He slipped underneath the **gate**, and was safe at last in the **wood** outside the garden.

Die kleine Jacke und die **Schuhe** zog Mr. McGregor der Vogelscheuche an, um die Amseln zu erschrecken. Peter hörte nicht auf zu laufen und blickte nicht zurück, bis er am großen Tannenbaum zu Hause war.

Mr. McGregor hung up the little jacket and the **shoes** for a scarecrow to frighten the blackbirds. Peter never stopped running or looked behind him till he got home to the big fir-tree.

Er war so **müde**, dass er auf den schönen weichen Sand auf dem Boden des Hasenlochs hinabstürzte und die Augen schloss. Seine Mutter war mit **Kochen** beschäftigt. Sie fragte sich, was er mit seinen Kleidern gemacht hatte. Es waren die zweite kleine Jacke und das zweite Paar Schuhe, das Peter in vierzehn Tagen verloren hatte!

He was so **tired** that he flopped down upon the nice soft sand on the floor of the rabbit-hole and shut his eyes. His mother was busy **cooking**; she wondered what he had done with his clothes. It was the second little jacket and pair of shoes that Peter had lost in a fortnight!

Leider muss ich sagen, dass es Peter während des Abends nicht sehr gut ging. Seine Mutter legte ihn ins **Bett** und machte etwas Kamillentee. Dann gab sie Peter einen Teil davon. „Ein Esslöffel ist vor dem Schlafen einzunehmen."

I am sorry to say that Peter was not very well during the evening. His mother put him to **bed**, and made some camomile tea; and she gave a dose of it to Peter! One table-spoonful to be taken at bed-time.'

Aber Flopsy, Mopsy und Baumwoll-Schwänzchen hatten Brot, Milch und Brombeeren zum Abendessen.

But Flopsy, Mopsy, and Cotton-tail had bread and milk and blackberries for supper.

Für den **kostenlosen** Erhalt des **Hörbuchs in englischer Sprache und der Bilder zum Ausmalen** senden Sie bitte eine EMail an bonusmaterial@forum-sprachen-lernen.com, Betreff: Peter Hase. Ihre Adresse wird nicht weitergegeben.

Sie erhalten dann einen Link zum Download, sowie eine kurze Anleitung zum Englisch lernen mit zweisprachigen Texten und Audio.
Das Hörbuch ist ideal geeignet sich die Geschichte nebenbei immer wieder anzuhören. Sie trainieren dann ebenfalls Hörverständnis, Aussprache und erreichen eine Vertiefung des gelernten Wortschatzes.

Wenn das Buch Ihnen gefallen hat oder geholfen hat Sprachen zu lernen **bitte ich Sie eine Rezension zu verfassen.** Auch wenn es nur ein oder zwei Zeilen sind, es wäre für mich eine riesige Hilfe, und geht ganz schnell.

Wenn Sie Ihre Sprachkenntnisse weiter verbessern wollen, gibt es weitere zweisprachige Bücher von Forum-Sprachen-Lernen:

Deutsch – Englisch:

Der Weihnachtsabend (Die berühmte Geschichte des geizigen Mr. Scrooge)
Alice im Wunderland (Ein Klassiker der Kinderliteratur)
Nils Holgersons wundersame Reise (von Literaturnobelpreisträgerin Selma Lagerlöf)
Die Schneekönigin (Märchen von H.C. Andersen)
Das Bildnis des Dorian Gray (Mystery, Psychological Thriller)
Der Untergang des Hauses Usher und drei weitere Geschichten von Edgar Allan Poe
Die Liga der Rothaarigen (Ein Sherlock Holmes Abenteuer)
Das gefleckte Band (Ein Sherlock Holmes Abenteuer)

Deutsch – Französisch:

Das Bildnis des Dorian Gray (Mystery, Psychological Thriller)
Die Schneekönigin (Märchen von H.C. Andersen)

Deutsch – Italienisch

Alice im Wunderland (Ein Klassiker der Kinderliteratur)

31797036R00016

Printed in Poland
by Amazon Fulfillment
Poland Sp. z o.o., Wrocław